A COUVE, AS CALÇAS E O BURRO

Texto: João Pedro Mésseder
Ilustrações: Alexandra Jordão Pires

© CAMPO DAS LETRAS – Editores, S.A., 2004
Rua D. Manuel II, 33 - 5.º   4050-345 Porto
Tel.: 226 080 870   Fax: 226 080 880
E-mail: campo.letras@mail.telepac.pt
Site: www.campo-letras.pt

Impressão: Rainho & Neves, Lda / Santa Maria da Feira
1.ª edição: Novembro de 2004
Depósito legal: 217815/04
ISBN 972-610-884-5
Código de barras: 9789726108849

Colecção: Novos Ilustradores – 6

Esta colecção é um espaço
onde novos ilustradores
editam o seu trabalho.

CONTOS TRADICIONAIS PORTUGUESES

A couve, as calças e o burro

Texto de **João Pedro Mésseder**
Ilustrações de **Alexandra Jordão Pires**

Era uma vez um homem chamado Laró.
Certo dia, estando com o compadre no largo
da aldeia, atirou-lhe com esta:

— Sabes lá tu o que eu tenho na minha horta. Uma couve tão grande, tão grande que cabe lá dentro um rebanho de ovelhas!

O outro ficou calado a matutar. Passados dias, encontraram-se no mesmo local.

— Ó compadre, ao tempo que não nos víamos! — diz o Laró.

— Tenho estado fora. Fui a Lisboa e sabes tu o que lá vi?

— Então o quê?

— Uma coisa que não me sai dos miolos — responde o compadre. — Fui à fábrica onde trabalha o meu filho e ouvia bater, bater, mas não via vivalma. Até que ouvi uma sirene e, de repente, começam a sair pessoas de dentro de um tacho.

— Mas pra que diabo é preciso um tacho desse tamanho? — pergunta o Laró de olhos esbugalhados.
— Olha, é pra meteres a couve que tens lá na horta.

De orelha murcha, o Laró montou no burro e voltou para casa.

Como o dia seguinte era de feira, a mulher convenceu-o a aparelhar o animal e a ir comprar umas calças novas, pois as que tinha estavam velhas e rotas.

Uma hora depois entrava na vila, onde encontrou um homem com uma carroça, a vender roupa. Depois de muito olhar, mexer e remexer, lá perguntou preços, contou as notas e comprou umas calças.

Dias depois, a mulher lavou-lhas. Mas quando o Laró as foi vestir, as calças davam-lhe pelo joelho. Maldizia a mulher a vida dela e ele rogava pragas e prometia travar-se de razões com o vendedor:

— Descansa, Belzebu, que não perdes pela demora!

Na feira seguinte, lá estava o Laró com as calças vestidas. Mal se apeou do burro, avistou o homem da carroça e não perdeu tempo. Num ápice estava ao pé da venda.

— Ó seu alma do diabo, que espécie de calças é que vossemecê me vendeu?

— Ó compadre — respondeu-lhe o homem —, vossemecê é que cresceu muito!

Sem resposta, o Laró
deu meia volta e foi à vida,
com as calças pelos joelhos
e a malucar no assunto.

Já o sol se estava a pôr quando chegou a casa.

Ao vê-lo prender
o burro ao alpendre,
diz-lhe o compadre
que ia a passar:

— Laró, ó Laró, é quase noite. Não deixes o animal de fora. Andam para aí uns lobos que ainda to comem.

— O meu burro não tem medo de lobo nenhum! — respondeu-lhe o Laró irritado.

Na manhã seguinte, saiu com a mulher; ela para ir buscar lenha, ele para pensar o burro. Mas, no chão, já só estavam as ferraduras.

– Ó mulher – exclamou o Laró –, não me digas que o nosso burro se descalçou pra ir atrás dos lobos!

E lá ficou a mulher a deitar mãos à cabeça e a lamentar a sua sorte.

E pra já chega de histórias
que esta já está contada.
Chegai-me daí o pão
e passai-me a marmelada.